幽人空山　过雨采蘋

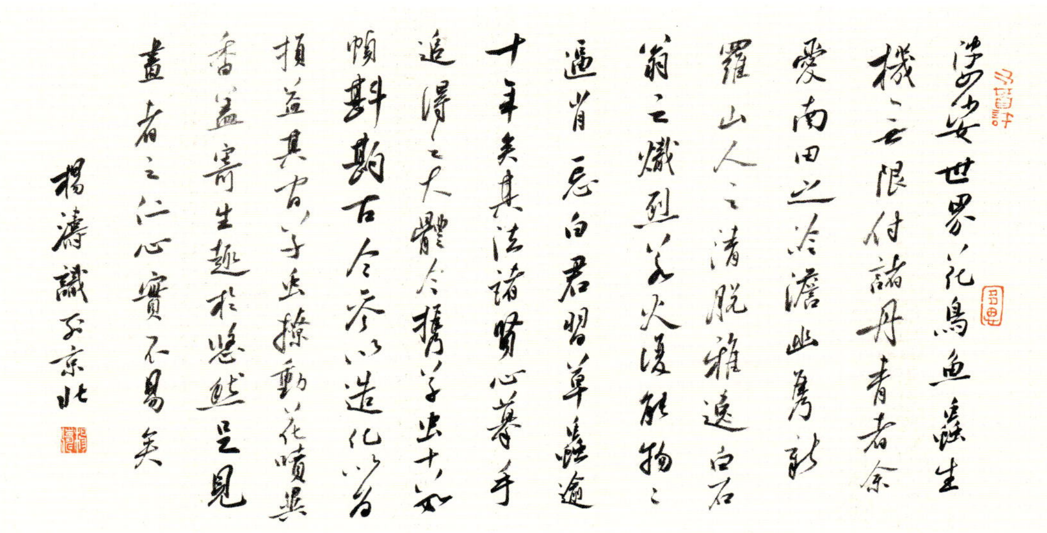

跋文

婆娑世界花鸟鱼虫生机无限 付诸丹青者 余爱南田之冷淡幽隽 新罗山人之清脱雅逸 白石翁之炽烈若火复能物物逼肖 忘白君习草虫逾十年矣 其法诸贤心摹手追得之大体 今携草虫十数帧 斟酌古今参以造化以为损益 其间草虫撩动花喷异香 盖寄生趣于悠然 足见画者之仁心 实不易矣

杨涛识于京北

（杨涛，中国艺术研究院中国书法院副院长、博士生导师）

畫 huà

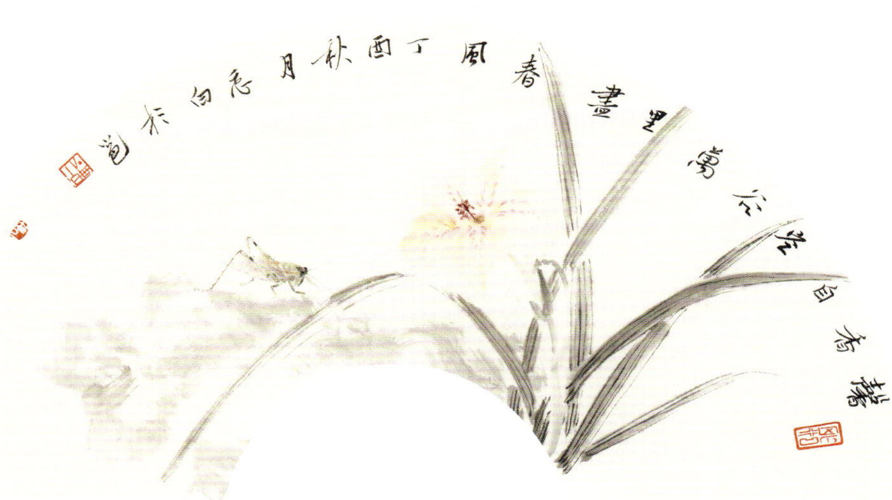

空谷馨香 34 cm×68 cm 2017

清凉无上 34 cm × 63 cm 2017

畫 huà

清夏图 34 cm × 63 cm 2017

室雅有真香 34 cm×63 cm 2017

畫 huà

真趣图 34 cm×63 cm 2017

清品 34 cm × 63 cm 2017

畫 huà

养真图 34 cm × 63 cm 2017

春色宜晴 68 cm×68cm 2017

畫 huà

春光明媚 48 cm × 48cm 2016

春风时有意 68 cm × 34 cm 2016

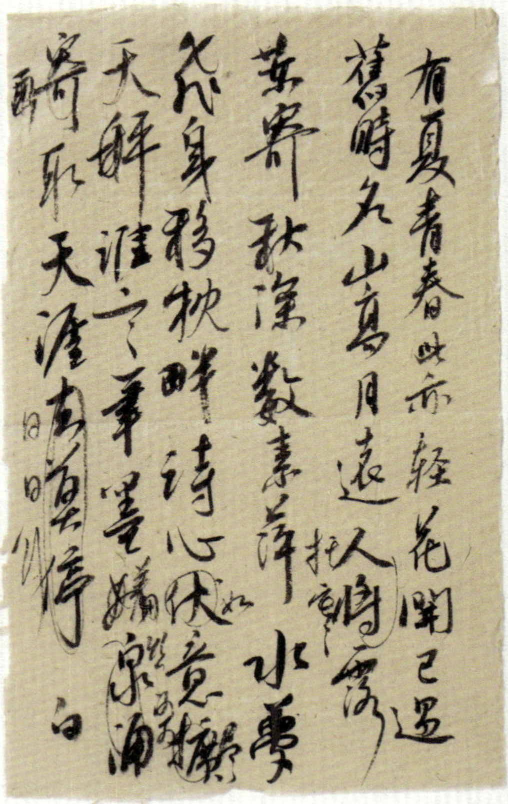

有夏青春日以亦輕花開已過
舊時名山高月遠人將落
葉寄秋深數素萍水夢
我身移枕醉詩心伏意擬
天解誰之筆墨嬌泉涌
寄取天涯去莫停　白
酉

忘白常用印

畫 huà

春色在江南 34 cm × 68cm 2017

草间风色 34 cm × 34 cm 2016

畫 huà

春风不记愁 68 cm × 68 cm 2017

倾香图 49 cm×22 cm 2015

畫 huà

露香图 45 cm × 24 cm 2015

击水长歌 68 cm × 68 cm 2016

畫 huà

成双成对成新好 68 cm × 68 cm 2016

无欲则刚 34 cm × 34 cm 2016

寻芳谱 / 240 cm × 129 cm 2018

畫 huà

真香有味 68 cm×68 cm 2017

荷香一瓣 48 cm × 34 cm 2017

畫 huà

清凉生长梦 68 cm × 34 cm 2016

庭廊春花 34 cm × 68 cm 2016

畫 huà

春风客堂 34 cm × 68 cm 2016

诗情夺奇秋声远 34 cm × 68 cm 2016

畫 huà

秋声欲近 34 cm × 68 cm 2016

春在人间 34 cm×34 cm 2016

畫 huà

夏后新凉见花飞 34 cm × 68 cm 2016

无声细雨 34 cm × 68 cm 2016

畫 huà

天涼好个秋 34 cm × 68 cm 2016

为等春风 34 cm × 68 cm 2017

畫 huà

春风十里 34 cm×68 cm 2016

春意菲菲 34 cm × 72 cm 2016

畫 huà

人间春色看桃花 68 cm × 46 cm 2016

声深时不远 68 cm × 34 cm 2016

能在长鸣后 68 cm × 34 cm 2016

文房清供之一 68 cm × 34 cm 2016

畫 huà

你来过的地方 186 cm × 98 cm 2014

文房清供之二 34 cm × 68 cm 2016

畫 huà

文房清供之三 34 cm × 68 cm 2016

文房之一 35 cm × 30 cm 2015

畫 huà

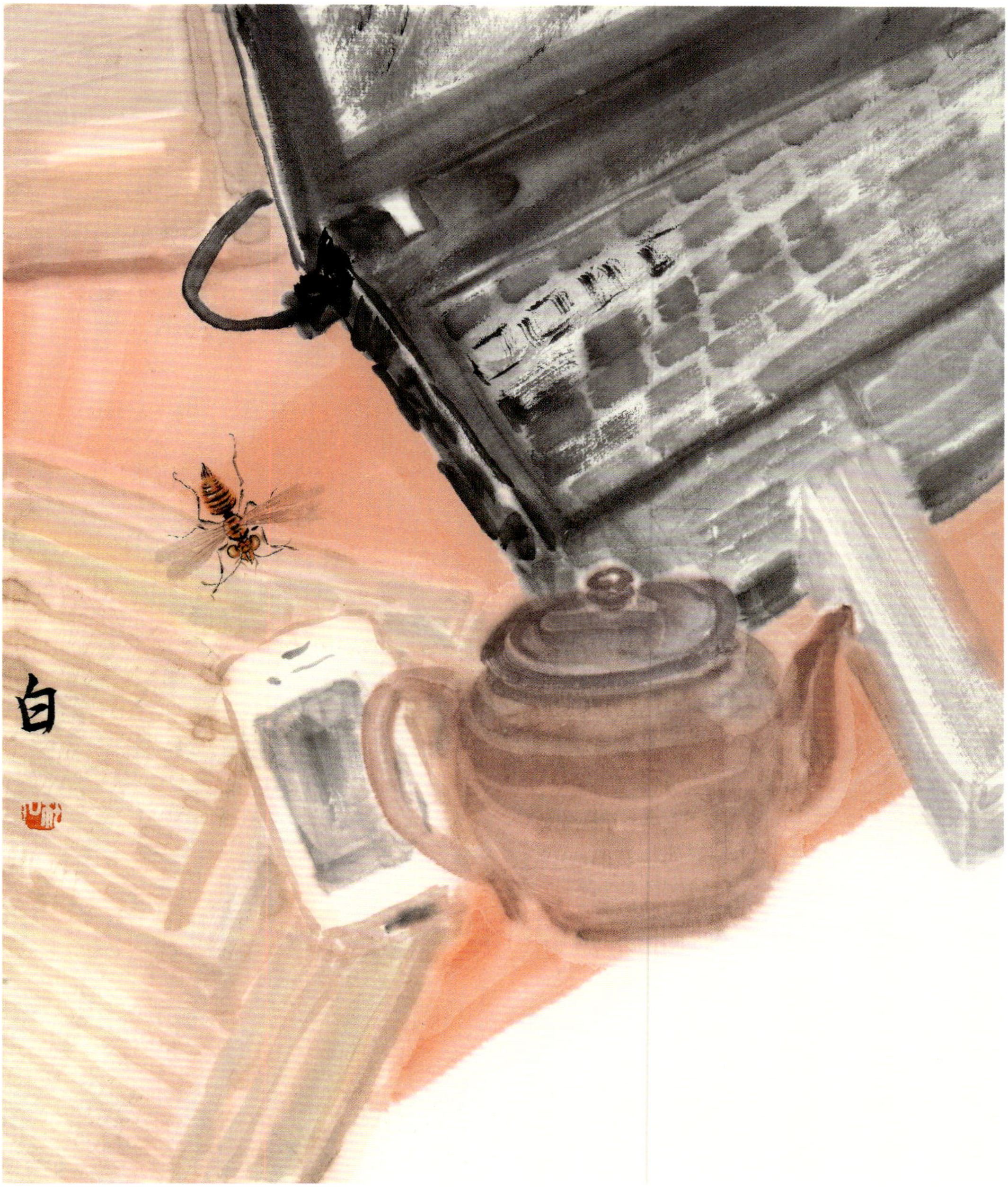

文房之二 35 cm × 30 cm 2015

文房之三 35 cm × 30 cm 2015

知我心事 / 34 cm × 45 cm 2016

畫 huà

文房之四 35 cm × 30 cm 2015

清供之一 35 cm × 30 cm 2015

畫 huà

清供之二 35 cm × 30 cm 2015

清供之三 35 cm × 30 cm 2015

畫 huà

清供之四 35 cm × 30 cm 2015